AF455827

H.... 1875. Avril. 23

CATALOGUE

DES LIVRES

DE M. H....

DONT LA VENTE AURA LIEU LES 23 ET 24 AVRIL 1875

28, RUE DES BONS-ENFANTS, 28

Salle Sylvestre, n° 2, à 7 heures 1/2 du soir.

Me DELBERGUE-CORMONT, COMMISSAIRE-PRISEUR

Rue de Provence, 8

Ouvrages sur les beaux-arts : Peinture, Sculpture, Gravure, Architecture, Céramique ; Vies des peintres, Histoire de l'art, Estampes, Livres à figures. — Poésie grecque, latine et française. — Romans des XVIIe et XVIIIe siècles, etc., etc.

PARIS

LIBRAIRIE BACHELIN-DEFLORENNE

3, QUAI MALAQUAIS, 3

SUCCURSALE : LIBRAIRIE DE L'OPÉRA

10, BOULEVARD DES CAPUCINES, 10

1875

ORDRE DES VACATIONS

Vendredi 23 avril 1875.

Beaux-arts........................	1—96
Sciences et arts........................	289—295
Belles-lettres........................	296—359
Histoire........................	360—386

Samedi 24 avril.

Beaux-arts........................	97—152
Belles-lettres........................	153—192
Histoire........................	193—277
Théologie et jurisprudence...........	278—282
Sciences et arts........................	283—288

CONDITIONS DE LA VENTE.

Les acquéreurs payeront en sus des adjudications **cinq centimes par franc**, applicables aux frais.

Les livres vendus devront être collationnés sur place dans les vingt-quatre heures de l'adjudication. Passé ce délai, ou une fois sortis de la salle de vente, ils ne seront repris pour aucune cause.

Il y aura **exposition** chaque jour, de deux à quatre heures.

Les commissions seront reçues à la Librairie BACHELIN-DEFLORENNE, chargée de la vente.

CATALOGUE
DES LIVRES
DE M. H.

PREMIÈRE PARTIE.

SCIENCES ET ARTS

I. — BEAUX-ARTS.

A. — *Introduction, histoire, dictionnaires, etc.*

1. Secrets concernant les arts et métiers, nouv. édit. *Bruxelles*, 1760, 2 vol. in-12, v. m.

2. L'Esprit des beaux-arts (par Pierre Estève). *Paris*, 1753, 2 tom. en 1 vol. in-12, v. m.

3. Les Beaux-Arts réduit à un même principe (par l'abbé Batteux). *Paris*, 1747, in-12, v. m.

4. Essai sur le beau, où l'on examine en quoi consiste précisément le beau dans le physique, dans le moral, dans les ouvrages d'esprit et dans la musique (par le P. André, jésuite). *Paris*, 1741, in-12, v. f.

5. Anecdotes des beaux-arts, contenant tout ce que la peinture, la sculpture, la gravure, l'architecture, la littérature, la musique, etc., offrent de plus curieux chez tous les peuples du monde, depuis l'origine de ces différens arts jusqu'à nos jours, par M*** (P.-J.-B. Nougaret et Nic.-Théod. Le Prince). *Paris*, *Bastien*, 1776, 2 vol. in-12, v. m.

6. Le Spectacle des beaux-arts, ou Considérations touchant leur nature, leurs objets, leurs effets et leurs règles principales, par Lacombe. *Paris*, 1761, in-12, d.-rel. bas.

7. Observations sur les arts et sur quelques morceaux de peinture et de sculpture exposés au Louvre en 1748. *Leyde*, 1748, in-12, v. m.

8. Mélanges sur les beaux-arts, par M. Ponce. *Paris*, 1826, in-8, portr., bas., fil.

9. Considérations sur le but moral des beaux-arts, par Aug. Couder. *Paris*, 1867, in-12, d.-rel. mar. vert, non rog.

10. Les Beaux-Arts en Europe, par Théophile Gautier. *Paris*, 1855, 2 vol. in-12, d.-rel. mar. br., non rogn.

11. Statistique des beaux-arts en France, annuaire des artistes français, par Guyot de Fère. *Paris*, 1835, in-8, d.-rel. v. f., non rog.

12. Dictionnaire portatif des beaux-arts, ou Abrégé de ce qui concerne l'architecture, la sculpture, la peinture, la gravure, la poésie et la musique, par M. Lacombe. *Paris*, 1766, in-12, v. m.

13. Dictionnaire iconologique, ou Introduction à la connaissance des peintures, sculptures, médailles, estampes, etc., avec des descriptions tirées des poëtes anciens et modernes, par M. D. P. (Honoré Lacombe de Prezel). *Paris*, 1777, in-12, front. gr., v. m.

14. La Théologie des peintres, sculpteurs, graveurs et dessinateurs, par l'abbé Méry. *Paris*, 1765, in-12, v. m.

15. Recueil de pièces intéressantes concernant les antiquités, les beaux-arts, les belles-lettres et la philosophie, traduites de différentes langues. *Paris*, 1787, 2 vol. in-8, v. m.

16. Lettres familières de M. Winckelmann. *Amsterdam*, 1781, 2 vol. in-8, portr., dos et coins de mar. vert, non rogn.

17. Curiosités et Anecdotes italiennes, par Valery. *Paris*, 1842, in-8, d.-rel. v. f.

18. Baudelaire Dufays. Salon de 1846. *Paris*, 1846, in-12, dos et coins de mar. orange, dor. en tête, non rog.

19. Gazette des beaux-arts, courier européen de l'art et de la curiosité. *Paris*, 1868-69, 4 vol. gr. in-8, fig., dem.-rel. mar. r., non rogn.

B. — *Arts du dessin.*

20. L'Art du dessin chez les Grecs, ou Méthode élémentaire du dessin, par le chevalier de Brunel de Varennes. *Paris*, 1816, in-8, d.-rel. vél.

21. Les Règles du dessein (*sic*) et du lavis, par Buchotte. *Paris*, 1722, in-8, fig., v. br.

22. La Pratique du dessin de l'architecture bourgeoise, par Dupain de Montesson. *Paris*, 1789, in-8, pl., d.-rel., non rog.

23. Le Dessinateur pour les fabriques d'étoffes d'or, d'argent et de soie, par Joubert de L'Hiberderie. *Paris*, 1765, in-8, v. fauve, fil., tr. dor. (*Anc. rel.*)

24. Description de tous les moyens de dessiner sur pierre, avec l'étude des causes qui peuvent empêcher la réussite de l'impression des dessins, par E. Tudot. *Paris*, 1833, dos et coins de mar. vert, non rog.

25. Disegni che illustrano l'opera del trattato delle pittura di Lionardo da Vinci tratti fidelmenti dagli originali del codice Vaticano. *Romæ*, 1817, in-4, pap. vél., portr. et planches, cart., non rogn.

26. Pisa illustrata nelle arti deldisegno da Alessandro da Morrona. *Livorno*, 1812, 3 vol. in-8, portr., d.-rel. mar. viol., non rog.

C. — *Peintures, traités sur les couleurs.*

27. Le Peintre converty aux précises et universelles règles de son art, avec un raisonnement abrégé au sujet des tableaux, bas-reliefs et autres ornements que l'on peut faire sur les diverses superficies des bastimens (par Abr. Bosse). *Paris*, 1667, in-8, fig., dos et coins de mar. r., NON ROG.

28. De la Peinture à l'huile, ou des Procédés matériels employés dans ce genre de peinture, depuis Hubert et Jean Van Eyck jusqu'à nos jours, par J.-F.-L. Mérimée. *Paris*, 1830, in-8, d.-rel. mar. viol., non rog.

Exemplaire avec un envoi autographe de l'auteur.

29. Recueil de lettres sur la peinture, la sculpture et l'architecture, par L.-J. Jay. *Paris*, 1817, in-8, d.-rel. mar. br., non rog.

30. Recherches sur les beautés de la peinture et sur le mérite des plus célèbres peintres anciens et modernes, par Daniel Webb, ouvrage traduit de l'anglais par M. B***. *Paris*, 1765, in-12, dos et coins de mar. viol., non rog.

31. Considérations sur l'état de la peinture en Italie, dans les quatre siècles qui ont précédé celui de Raphaël, par un membre de la Société de Gœttingue et de l'Académie de Cortone (Alexis-François Artaud de Montor). *Paris*, 1811, in-8, d.-rel. mar. viol., non rog.

32. Essai sur la peinture, la sculpture et l'architecture, par M. de B*** (L. Petit de Bachaumont.) *S. l.*, 1752. — Mémoires sur le Louvre, par le même. 1752. — Epître à M. de Tourneheim, sur la colonne de l'hostel de Soissons, par Gresset. *S. l.*, 1752. — En 1 vol. in-8, fig., d.-rel. m. viol., non rogn.

33. De la Composition des paysages, ou des Moyens d'embellir la na-

ture autour des habitations champêtres, par René Gerardin. *Paris*, 1793, in-8, d.-rel. v. f.

34. Traité complet de la peinture, par Paillot de Montabert. *Paris, Delion*, 1829-51, 9 vol. in-8, d.-rel. vél., non rog.

35. Rapport fait par M. Dreuille sur le Traité complet de la peinture de M. de Montabert. *Paris*, 1841, in-8, d.-rel. vél., non rog.

36. Mémoire sur la peinture à l'encaustique et sur la peinture à la cire, par le comte de Caylus et Majault. *Genève*, 1755, in-8, fig., d.-rel. vél.

37. Essai sur le paysage, dans lequel on traite des diverses méthodes pour se conduire dans l'étude du paysage, par Lecarpentier. *Paris*, 1817, in-8, front. gr., d.-rel. v. f., non rog.

38. Essai sur le paysage, ou du Pouvoir des sites sur l'imagination, par N.-G.-H. Lebrun. *Paris*, 1822, in-8, d.-rel. v. f., non rog.

39. Discours historique sur la peinture moderne, par T.-B. Eméric-David. *Paris*, 1812, in-8, cart., non rog.

40. Lettre à un amateur de la peinture, avec des éclaircissemens historiques sur un cabinet et les auteurs des tableaux qui le composent. *Dresde*, 1755, in-12, front. gr., cart., non rog.

41. L'Histoire et le Secret de la peinture en cire. *S. l. n. d.*, dos et coins de mar. vert., dor. en tete, non rog.

42. Description de divers ouvrages de peinture faits pour le roy. *Paris*, 1671, pet. in-12, vél.

43. L'Histoire et le Secret de la peinture en cire. *S. l. n. d.*, in-12, v. m., fil.

44. Manière de bien juger des ouvrages de peinture, par feu l'abbé Laugier. *Paris*, 1771, in-12, v. f.

45. Recherches sur les beautés de la peinture et sur le mérite des plus célèbres peintres anciens et modernes, par Daniel Webb, ouvrage traduit de l'anglais par M. B***. *Paris*, 1765, in-12, v. m.

46. Almanach de peinture (en français et en italien). *Florence*, 1792-96, 5 vol. in-18, portr., cart.

Collection rare et curieuse, ornée de jolis portraits.

47. L'Ecole d'Uranie, ou l'Art de la peinture, traduit du latin d'Alph. Dufresnoy et de l'abbé de Marsy, avec des remarques par le sieur M. D. Q. *Paris*, 1753, in-12, v. m.

48. Dissertation sur les ouvrages des plus fameux peintres (par de Piles). *A Paris*, 1681. — La Vie de Rubens. — Dialogue sur le coloris. *Paris*, 1699. — En 1 vol. in-12, v. m.

49. Traité de peinture, suivi d'un essai sur la sculpture, par Dandré Bardon. *Paris*, 1765, 2 vol. in-12, d.-rel.

50. L'Art de peinture de C.-V. du Fresnoy, traduit en françois par de Piles. *Paris*, 1751, in-12, v. m.

51. L'Art de peinture de C.-V. du Fresnoy, trad. en françois, avec des remarques, augmenté d'un dialogue sur le coloris. *Paris*, 1673, in-12, v. br.

52. Lettre sur la peinture, la sculpture et l'architecture à M*** (par Baillet de Saint-Julien). *Amsterdam*, in-12, v. br.

53. Le Peinture, poëme en trois chants, par Le Mierre. *Paris*, *s. d.*, in-4, fig. de Cochin, v. f., fil.

54. L'Art de peindre, poëme. avec des réflexions sur différentes parties de la peinture, par Watelet. *Paris*, 1760, in-12, fig. et vign., d.-rel.

55. De la Conservation et de la Restauration des tableaux, par Hoisin Déon. *Paris*, 1851, in-12, d.-rel. v. f., non rog.

56. L'Art du peintre, doreur, vernisseur, par le sieur Watin. *Paris*, 1773, in-8, mar. r., dent.

57. Essai sur les fresques de Raphaël au Vatican, par F.-A. Gruyer. *Paris*, *veuve J. Renouard*, 1859, in-8, d.-rel. mar. ol., non rog.

58. Histoire de la peinture italienne, depuis Prométhée jusqu'à nos jours, par E.-T. Huard. *Paris*, 1834, in-8, d.-rel. v. vert.

59. Histoire de la peinture en Italie, depuis la renaissance des beaux-arts jusque vers la fin du XVIIIe siècle, par l'abbé Lanzi, traduite de l'italien par Mme Dieudé. *Paris*, 1824, 5 vol. in-8, d.-rel. mar. viol., non rog.

60. La Pittura in Gindicio overo il bene delle oneste pitture, e'l male delle Oscene. Opera di Carlo Gregorio Rossignoli. *In Bologna*, 1697, pet. in-12, dos et coins de mar. r., non rog.

61. Pitture scelte e dichiarate da Carla Caterina Patina. Parigina acca demica. *In Colonia, appresso Marteau*, 1681, in-fol., front. gr., demi-rel. mar. v., tête dor., n. rog.

62. Le Pitture notabili di Bergamo che sono esposte alla vista del publico raccolte da Andrea Pasta. *In Bergamo*, 1775, in-4, demi-rel. mar. r., n. rog.

63. Trattato della pittura di Lionardo da Vinci nuovamente dato in Luce, colla vita dell'istesso autore scritta da Rafaelle du Fresne, si sono giunti i tre libri della pittura, ed il trattato della statua di Leon Battista Alberti (tradotti da Cosimo Bartoli). *In Parigi, appresso Giacomo Langlois*, 1733, in-fol., fig., vél.

64. Traité des couleurs pour la peinture en émail et sur la porcelaine, précédé de l'Art de peindre sur l'émail, ouvrage posthume de M. d'Arclais de Montamy. *Paris*, 1765, in-12, v. m.

65. L'Optique des couleurs, par le R. P. Castel. *Paris*, 1740, in-12, v. br.

66. Dialogue sur le coloris (par de Piles). *Paris*, 1699, in-12, v. br.
Edition originale très-rare.

67. Traité des vernis, où l'on donne la manière d'en composer un qui ressemble parfaitement à celui de la Chine, et plusieurs autres qui concernent la peinture, la dorure à l'eau-forte, etc. *Paris*, 1723, in-12, veau brun.

68. Trattato de' colori di M. Coronato occolti do Canedolo, nuovamente composto, et stampato con l'aggiunta del significato de' Alcuni doui, dal medesino data in luce. *In Parma*, 1568, pet. in-8, dos et coins de mar. br.

D. — *Miniature.*

69. Traité de mignature, pour apprendre aisément à peindre sans maistre, et le Secret de faire les plus belles couleurs (attribué à Claude Boutet). *Paris*, 1678, in-12, v. br.

70. Traité de mignature, pour apprendre aisément à peindre sans maître, avec le Secret des plus belles couleurs (attribué à Claude Boutet). *Paris*, 1696, in-12, v. br.

71. Traité de mignature, pour apprendre aisément à peindre sans maître (attribué à Claude Boutet). *Paris*, 1711, in-12, v. m.

72. Traité de la mignature, pour apprendre aisément à peindre sans maître (par Claude Boutet). *Paris*, 1711, in-12, br., non rog.

73. Traité de mignature, pour apprendre aisément à peindre sans maître, avec le Secret de faire les plus belles couleurs (attribué à Claude Boutet). *Paris*, 1711, in-12, v. m.

74. L'Ecole de la migniature, dans laquelle on peut aisément apprendre sans maître (attribué à Claude Boutet). *Paris*, 1766, in-12, v. m.

75. L'Ecole de la miniature, ou l'Art d'apprendre à peindre sans maître (attribué à Claude Boutet). *Paris*, 1769, in-12, v. m., fil.

76. L'Ecole de la mignature, ou l'Art d'apprendre à peindre sans maître, et les Secrets pour faire les plus belles couleurs (attribué à Claude Boutet). *Paris*, 1782, in-12, v. m.

E. — *Vies des peintres, sculpteurs et architectes.*

77. Dictionnaire historique des peintres de toutes les écoles depuis l'origine de la peinture jusqu'à nos jours, par Adolphe Siret, 2e édition, revue et considérablement augmentée. *Paris, A. Lacroix*, 1866, gr. in-8, demi-rel. v. v., n. rog.

78. Entretiens sur les vies et les ouvrages des plus excellens peintres anciens et modernes. *Paris*, 1696, 2 vol. in-4, v. m.

79. Abrégé de la vie des peintres, avec des réflexions sur leurs ouvrages, par de Piles. *Paris*, 1715, in-12, front. gr., v. gr.

80. Historie und Leben der berühmtesten Europaeischen Mahler, von de Piles. *Hamburg*, 1710, in-12, front. gr., cart.

81. Observations sur quelques grands peintres, dans lesquelles on cherche à fixer les caractères distinctifs de leur talent, avec un précis de leur vie, par Taillasson. *Paris*, 1807, d.-rel., non rog.

82. Collection de lettres de Nicolas Poussin. *Paris*, 1824, in-8, d.-rel. mar. br., non rog.

83. Maurice-Quentin de La Tour, peintre du roi Louis XV, par Ch. Desmaze. *Paris*, 1854, in-12, dos et coins de mar. vert, dor. en tête, non rog.

84. Joseph Vernet et la Peinture au XVIIIe siècle, par Léon Lagrange. *Paris*, in-12, d.-rel., non rog.

85. Dictionnaire des artistes de l'école française au XIXe siècle, peinture, sculpture, architecture, gravure, dessin, lithographie et composition musicale, par Gabet. *Paris*, 1831, in-8, d.-rel.

86. Dictionnaire des artistes de l'école française au XIXe siècle, par Ch. Gabet. *Paris*, 1831, in-8, d.-rel. mar. viol., dor. en tête, non rog.

87. Goya, par Laurent Matheron. *Paris*, 1858, in-12, dos et coins de mar. br., dor. en tête, non rog.

88. Notice sur la vie et les ouvrages de Léopold Robert, par E.-J. Delécluze. *Paris*, 1838, gr. in-8, dos et coins de mar. r., d.-rel.

89. Henri Regnault, sa vie et son œuvre, par Henri Cazalis. *Paris, A. Lemerre*, 1872, in-8, portr., dos et coins de mar. viol., non rog.

90. Vite dei pittori Vecelli di Cadore libri quattro di Stefano Ticozzi. *Milano*, 1817, in-8, d.-rel. mar. r., non rog.

91. Vite dei pittori Antichi Scritte, e illustrate da Carlo Datti nell'ac-

cademia della Crusca los marrito seconda edizione. *In Firenze*, 1730, in-4, cart.

92. Le Maraviglie dell'arte, overo le vite de gl'illustri pittori Veneti, a dello stato, descritte dal cavalier Carlo Ridolfi. *In Venetia*, 1648, 2 vol. in-4, front. gr. et portr., v. br.

93. Felsina pittrice vite de pittori Bolognesi, dal Co. Carlo Cesare Maluasia. *In Bologna*, 1678, 2 vol. in-4, fig., cart.

Livre rare, orné de portraits très-bien gravés.

94. Histoire de la vie et des ouvrages de Raphaël, ornée d'un portrait, par Quatremère de Quincy. *Paris, Firmin Didot*, 1835, gr. in-8, d.-rel. mar. vert, non rog.

95. Histoire de la vie et des ouvrages de Michel-Ange Bonarotti, par Quatremère de Quincy. *Paris, Firmin Didot frères*, 1835, in-8, portr. et fig., d.-mar. r.

96. Tite de'piu'eccellenti pittori scultori e architetti scritte da Giorgio Vasari. *Milano*, 1807, 16 vol. in-8, portr., d.-rel., non rog.

97. Canova et ses ouvrages, ou Mémoires historiques sur la vie et les travaux de ce célèbre artiste, par M. Quatremère de Quincy. *Paris, Adrien Le Clerc*, 1834, in-8, pap. vél., portr., dem.-rel. mar. v., n. rog.

98. Notizie della vitta, e della opere del cavaliere Gioan Francesco Barbieri detto il guercino da cento celebre pittore. *Bologna, tipografia Marsigli*, 1808, in-4, portr., dem.-rel. mar. v., n. rog.

99. Memorie intorno, letterati e gli artiste della citta di Ascoli nel Piceno scritte da Giacinto Cantalamessa Carboni. *Ascoli, tipografia di Luigi Cardi*, 1830, in-4, dem.-rel. mar. v., n. rog.

100. Memorie degli intagliatori moderni in Pietre Dure, Cammei, e Gioji dal secola xv fino al secolo xviiie. *In Livorno*, 1753, in-4, dem.-rel. mar. citr., n. rog.

101. The early Flemish Painters : notices of their lives and works, by J.-A. Crowe and G.-B. Cavalcaselle. *London*, 1857, in-8, fig., cart., non rog.

102. Recueil historique de la vie et des ouvrages des plus célèbres architectes (par J. Felibien des Avaux). *Paris*, 1687, in-4, v. br.

103. La Vie et les Œuvres de Jean-Baptiste Pigalle, sculpteur, par P. Tarbé. *Paris, veuve J. Renouard*, 1859, gr. in-8, d.-rel. v. vert, non rog.

F. — *Catalogues de tableaux et d'estampes.* — *Livres à figures.*

104. Revue des musées d'Italie, catalogue raisonné des peintures et sculptures exposées dans les galeries publiques et particulières et dans les églises, par A. Lavice. *Paris*, 1862, in-12, d.-rel. mar. r.

105. Revue des musées d'Espagne, catalogue raisonné des peintures et sculptures exposées dans les galeries publiques et particulières et dans les églises, précédé d'un examen sommaire des monuments les plus remarquables, par A. Lavice. *Paris, veuve Renouard*, 1864, in-12, d.-rel. m. r., non rog.

106. Description de la galerie et du cabinet du roi à Sans-Souci. *Potsdam*, 1764, in-8, pl., bas.

107. Le Temple des arts, ou le Cabinet de M. Baamcamp, par M. de Bastide. *Amsterdam, Marc-Michel Rey*, 1766, in-4, dem.-rel. mar. r.

108. Cabinet de M. Paignon-Dijonval. Etat détaillé et raisonné des dessins et estampes dont il est composé, rédigé par M. Bénard. *Paris*, 1810, in-4, dem.-rel. mar. noir.

109. Catalogue raisonné des tableaux du roy, avec un abrégé de la vie des peintres, par Lépicié. *Paris, de l'imprimerie royale*, 1752, 2 tom. en 1 vol. in-4, v. m.

110. Catalogue raisonné d'un choix précieux de dessins et d'une nombreuse et riche collection d'estampes anciennes et modernes, en feuilles, en recueils et en œuvres, livres à figures, sciences et arts, tableaux et autres objets curieux qui composaient le cabinet de feu Pierre-François Basan père, par L.-F. Regnault. *Paris*, 1798, in-8, d.-rel. mar. r., non rog.

111. Biographie et Catalogue de l'œuvre du graveur Miger, par Emile Bellier de La Chavignerie. *Paris, Dumoulin*, 1856, in-8, portr., dos et coins de mar. br., non rog.

112. Antiquissimi Virgiliani Codicis fragmenta et picturæ ex bibliotheca Vaticana ad priscas Imaginum formas a Petro sancte Bartholi incisæ. *Romæ*, 1741, in-fol., fig., cart.

113. Lazari Bayfii annotationes in legem II de captivis et postliminio reversis, in quibus tractatur de re navali, per authorem recognitæ ejusdem annotationes in tractatum de auro et argento legato, quibus vestimentorum et vasculorum genera explicantur, item Antonii Thylesii de coloribus libellus, a coloribus vestium non alienus. *Basileæ*, 1541, in-4, fig. sur bois, vél.

114. Les Songes drôlatiques de Pantagruel, où sont contenues cent vingt figures de l'invention de maître François Rabelais, copiées en *fac-simile* par Jules Morel, sur l'édition de 1565, pour la récréation

des bons esprits, avec un texte explicatif et des notes par le Grand Jacques. *Paris*, 1869, in-8, fig., dos et coins de mar. viol., non rog.

115. Description de la statue equestre que la compagnie des Indes orientales de Dannemarc a consacrée à la gloire de Fréderic V. *Copenhague*, 1771. — Suite de la description du monument consacré à Frédéric V. *Copenhague*, 1773. — En 1 vol. in-18, cart.

116. Description du mausolée pour très-haut, très-puissant et très-excellent prince Louis, dauphin de France, fait à Paris, dans l'église Notre-Dame, le 1er mars 1766. Cette pompe funèbre, ordonnée par le duc d'Aumont, a été conduite par M. Papillon de La Ferté, sur les dessins du sieur Mic.-Ang. Challe. *Paris*, 1766, in-4, fig., bas.

117. Album de Grandville (scènes de la vie privée et publique des animaux). Gr. in-8, dem.-rel. mar. v.

118. Museo della Reale accademia di Mantova. *In Mantova*, 1790, in-8, fig., cart., non rog.

119. Il santuario delle reliquie ossia il tesoro della Basilica di S. Antonio de Padova illustrato dal padre Bernardo Gonzati. *Padova*, 1851, in-fol., planches, br.

120. Raccolta di 40 costumi li più interessanti delle città terre e paesi in provincie diverse del regno di Napoli disegnati ed incisi all' acquaforte da Bartolomeo Pinelli Romano. *In Roma*, 1814, in-fol., br.

121. Storia del duomo di Orvieto dedicata alla santita di nostro signore pio Papa Sesto Pontefice Massimo, per Paolo Francesco Card. Antamori Vescovo di Orvieto. *In Roma, presso J. Lazzarini*, 1731, in-4 et album in-fol., cart.

L'album se compose de 38 belles planches, d'après N. Pisano, Fr. Mochi, etc., gravées par Morelli, A. Mochetti, etc.

122. Pauli Maccii Emblemata. *Bononiæ*, 1628, in-4, cart., non rog.

Ouvrage orné de 81 figures en taille-douce.

123. Emblemata Florentii Schoonhovii J.-C. Goudani, partim moralia partim etiam civilia. *Amstelodami*, 1648, in-4, v. br., fil.

Ouvrage orné de très-jolies figures sur cuivre.

G. — *Gravure, sculpture, architecture.*

124. Recueil de gravures au trait, à l'eau-forte et ombrées, d'après un choix de tableaux de toutes les écoles, par Lebrun. *Paris, Didot jeune*, 1809, 2 vol. in-8, fig., cart., non rog.

Recueil de 178 gravures au trait, à l'eau-forte et ombrées.

125. Notice des monumens antiques et des objets de sculpture mo-

derne conservés dans le musée de Toulouse, par Alex. du Mége, de La Haye. *S. l.*, 1828, in-8, d.-rel.

126. Descrizione delle pitture, sculture, architetture ed altre cose rare della insigne citta di Ascoli nella Marca opera di Baldassarre Orsini. *Perugia,* 1790, in-8, fig., d.-rel., non rog.

127. Ustruzione elementare per gli studiosi della scultura di Francesco Carradori. *Firenze*, 1802, pet. in-fol., planches, dem.-rel., dos et coins de mar. r., non rog.

128. Sui Marmi di Antonio Canova versi. *Venezia, dalla tipografia Picotti*, 1817, in-4, pap. vél., dem.-rel. mar. v., n. rog.

129. Remarques sur l'architecture des anciens, par M. Winckelmann. *Paris*, 1783, in-8, dos et coins de mar. r., non rogn.

130. Histoire de la disposition et des formes différentes que les chrétiens ont données à leurs temples, depuis le règne de Constantin le Grand jusqu'à nous, par Leroy. *Paris*, 1764, in-8, v. f.

131. Le Génie de l'architecture, ou l'Analogie de cet art avec nos sensations, par Le Camus de Mézières. *Paris*, 1780, in-8. v. m.

132. Le Génie de l'architecture, ou l'Analogie de cet art avec nos sensations, par Le Camus de Mézières. *Paris,* 1780, in-8, bas.

133. Discours sur l'architecture, où l'on fait voir combien il serait important que l'étude de cet art fît partie de l'éducation des personnes de naissance, par Patte. *Paris,* 1754, in-8, cart., non rog.

134. Mémoires critiques d'architecture, contenans l'idée de la vraye et de la fausse architecture (par Fremin, président au bureau des finances de la ville de Paris). *Paris*, 1702, in-12, dos et coins de mar. r., non rog.

135. Temples anciens et modernes, ou Observations historiques et critiques sur les plus célèbres monumens d'architecture grecque et gothique, par M. L. M. (par l'abbé Avril, ex-jésuite, nommé ensuite Mai). *Londres*, 1774, in-8, fig., d.-rel. vél., non rog.

136. Notice sur le portique dit de Sarcus, existant à Nogent-les-Vierges, et faisant partie de l'habitation de M. Houbigant. *Beauvais*, 1858, in-8, fig., cart., non rog.

137. Mémoires explicatifs des objets contenus dans la première et seconde distribution générale du terrain du Château-Trompette. *S. l. n. d.*, in-4, planches, d.-rel.

138. Remarques sur un livre intitulé : Observations sur l'architecture, de l'abbé Laugier, par M. G..., architecte. *Paris*, 1768, in-8, d.-rel. vél., non rog.

139. Parallèle des temples anciens, gothiques et modernes, par J.-C. Huet. *Paris*, 1809, in-8, d.-rel. vél., non rog.

140. Essai sur l'architecture, nouv. édit., avec un dictionnaire des termes, par le P. Laugier. *Paris*, 1755, in-8, pl., d.-rel. vél., non rog.

141. Manière de rendre toutes sortes d'édifices incombustibles, ou Traité sur la construction des voûtes faites avec des briques et du plâtre, dites voûtes plates, de l'invention de M. le comte d'Espie. *Paris*, 1754, in-12, plans, v. br.

142. Revue des architectes de la cathédrale de Rouen, jusqu'à la fin du XVIe siècle, par A. Deville. *Rouen*, 1848, gr. in-8, fig., d.-rel. vél.

143. I cinque ordini di architettura di Andrea Palladio esposti. *Venezia*, 1784, in-8, fig., d.-rel., non rog.

144. Architettura delle strade antiche e moderne, del signor H. Gautier. *In Vicenza, presso Ant. Veronese*, 1769, in-4, portr. et planches, dem.-rel. mar. v., dor. en tête, non rog.

145. I quattro libri dell' architettura di Andrea Palladio. *In Venetia, appresso Bartolomeo Carampello*, 1581, in-fol., fig. sur bois, vél.

146. Archisesto per formar con facilita li cinque ordini d'architettura, con altri particolari intorno la medesma professione del signor Ottavio Revesi Bruti gentilhuomo vicentino. *In Vicenza*, 1627, in-fol., planches, vél.

147. Essai historique sur le pont de Rialto, par Antoine Rondelet, architecte. *Paris*, 1836, in-4, planches, cart., n. rog.

II. — Musique. — Céramique.

148. Histoire de la musique et de ses effets depuis son origine jusqu'à présent, et en quoi consiste sa beauté, par Bonnet. *Amsterdam*, 1726, 2 vol. in-12, v. br.

149. Mémoires ou Essais sur la musique, par le citoyen Gretry. *Paris*, 1797, 3 vol. in-8, pap. vél., v. ant., non rog.

150. Le Maître à danser, qui enseigne la manière de faire tous les différens pas de la danse dans toute la régularité de l'art, et de conduire les bras à chaque pas, par le sieur Rameau. *Paris*, 1734, in-8, fig., v. m.

Livre rare et curieux, orné de nombreuses planches.

151. Guide de l'amateur de faïences et porcelaines, poteries, terres cuites, peintures sur lave, émaux, pierres précieuses artificielles,

vitraux et verreries, par Aug. Demmin. *Paris, veuve Renouard*, 1867, 2 vol. in-12, portr. et fig., dos et coins de mar. vert, non rog.

152. Hitoire des faïences patriotiques sous la Révolution, par Champfleury. *Paris*, 1867, in-12, fig., d.-rel. mar. vert, non rog.

BELLES-LETTRES

I. — Linguistique.

153. Récréations philologiques, ou Recueil de notes pour servir à l'histoire des mots de la langue française, par F. Génin. *Paris*, 1856, 2 vol. in-12, dos et coins de mar. r., non rog.

154. Dictionnaire universel des synonymes de la langue française, par Guizot. *Paris*, 1864, in-8, d.-rel. mar. vert.

155. Dictionnaire comique, satirique, critique, burlesque, libre et proverbial, par P.-J. Leroux. *Pampelune*, 1786, 2 vol. in-8, bas., fil.

II. — Poésie.

Poëtes grecs, latins et poëtes français.

156. Réflexions critiques sur la poésie et sur la peinture, par l'abbé du Bos. *Paris*, 1770, 3 vol. in-12, v. m.

157. Homère. L'Iliade et l'Odyssée, traduction nouvelle par Leconte de Lisle. *Paris, A. Lemerre*, 1867, 2 vol. in-8, dos et coins de mar. vert, non rog.

158. Anacréon, Sapho, Bion et Moschus, traduction nouvelle en prose, suivie de la Veillée des fêtes de Vénus et d'un choix de pièces de différens auteurs, par M*** C*** (Moutonnet-Clairfons). *Paphos*, 1773. — Héro et Léandre, poëme de Musée; on y a joint la traduction de plusieurs idylles de Théocrite, par le même. *A Sestos*, 1774. — En 1 vol. in-8, fig. et vig. d'Eisen, v. m., fil., tr. dor.

159. Poésies de Catulle, traduction nouvelle, par Victor Develay. *Paris*, 1867, in-12, pap. vergé, br.

160. Les Vers de maître Henri Baude, poëte du xve siècle, recueillis et publiés avec les actes qui concernent sa vie, par J. Quicherat. *Paris, Aubry*, 1856, in-12, pap. vergé, cart. toile.

161. Œuvres complètes de François Villon, suivies d'un choix de poésies de ses disciples, édition préparée par La Monnoye, mise au jour, avec notes et glossaire, par Pierre Jannet. *Paris*, 1867, in-12, cart. toile, non rog.

162. Les Gayetez d'Olivier de Magny, texte original, avec notice par E. Courbet. *Paris, Lemerre*, 1871, in-12, br.

Réimpression à petit nombre.

163. Le Légat de la vache à Colas de Sedege, complainte huguenote du xvie siècle, précédée d'une introduction et accompagnée d'une glose d'Orléans, par Emmanuel Vasse (de Crete). *Paris, Académie des bibliophiles*, 1868, in-12, br.

Réimpression à petit nombre sur papier vergé.

164. Œuvres de Philippe Desportes, avec une introduction et des notes par Alfred Michiels. *Paris*, 1858, gr. in-8, pap. vél., front. gr., dos et coins de mar. br., dor. en tête, non rog.

165. Poésies de M. l'abbé de L'Attaignant, contenant tout ce qui a paru de cet auteur sous le titre de Pièces dérobées. *Londres*, 1757, 4 vol. in-12, portr., v. m.

166. Harpe des peuples, ou Paroles d'un croyant, de M. F. de Lamennais, mises en vers par M. Mercier. *Paris*, 1839, in-8, dem.-rel. v. f.

167. Poëtes contemporains en Allemagne, par N. Martin. *Paris, Poulet-Malassis*, 1860, in-8, dos et coins de mar. viol., non rog.

168. Phædri Augusti Liberti Fabulæ, ad manuscriptos codices et optimam quamque editionem emendavit. Steph. And. Philippe, accesserunt notæ ad calcem. *Lutetiæ Parisiorum, typis Josephi Barbou*, 1754, in-12, front. gr. et vign., v. m., fil., tr. dor.

169. Fables de La Fontaine. *Paris, de l'imprimerie de P. Didot l'aîné*, 1813, 2 vol. in-8, mar. viol., fil. comp., dent., tr. dor.

Exemplaire auquel on a ajouté un portrait de La Fontaine, gravé par Ficquet, et la suite de figures dessinées par Percier et gravées par Girardet, Massard, Devilliers, Coiny, etc.

170. Idylles de Théocrite et Odes anacréontiques, traduction nouvelle par Leconte de Lisle. *Paris, Poulet-Malassis*, 1861, in-8, dos et coins de mar. viol., non rog.

171. La Henriade, par Voltaire, avec les pièces relatives à ce poëme et à la poésie épique en général. *S. l.*, 1757, in-8, mar. vert, dent., fil., tr. dor. (*Anc. rel.*)

Exemplaire auquel on a ajouté anciennement une suite de gravures collées sur papier blanc.

172. Les Philippiques de La Grange-Chancel, nouv. édit., revue sur les éditions de Hollande, sur le manuscrit de la bibliothèque de Vesoul et sur un manuscrit aux armes du régent, précédée de Mémoires pour servir à l'histoire de La Grange-Chancel et de son temps, en partie écrits par lui-même, avec des notes historiques et littéraires par de Lescure. *Paris, Poulet-Malassis*, 1858, in-12, dos et coins de mar. viol.

173. Chansons et Saluts d'amour de Guillaume de Ferrières, dit le vidame de Chartres, la plupart inédits, réunis pour la première fois avec les variantes de tous les manuscrits, précédés d'une notice sur l'auteur, par Louis Lacour. *Paris, Aubry*, 1856, in-12, pap. vergé, cart. toile.

174. Dictionnaire lyrique portatif, ou Choix des plus jolies ariettes de tous les genres, disposées pour la voix et les instrumens, avec les paroles françoises sous la musique, par Dubreuil. *Paris*, 1766, 2 vol. in-8, dos et coins de mar. orange, non rog.

175. Les Apropos de société, ou Chansons de M. L..... (Langeon). *S. l.*, 1776, 3 vol. in-8, v. m., fil.

Cet ouvrage est orné de fort jolies figures et vignettes de Moreau.

III. — Poésie dramatique.

176. Histoire anecdotique du théâtre, de la littérature et de diverses impressions contemporaines, tirée du coffre d'un journaliste, avec sa vie à tort et à travers, par Ch. Maurice. *Paris*, 1856, 2 vol. in-8, *fac-simile*, d.-rel. mar. viol., dor. en tête, non rog.

177. Traité de la comédie et des spectacles, selon la tradition de l'Eglise, tirée des conciles et des saints Pères, par le prince de Conti (suivi de la tradition de l'Eglise sur la comédie et les spectacles, en français et en latin). *Paris*, 1667, in-8, cart.

Bel exemplaire d'un volume très-rare.

178. Les Comédies de Térence, traduction nouvelle, avec le texte latin à côté et des notes, par l'abbé Le Monnier. *Paris*, 1771, 3 vol. in-8, v. m., fil.

Edition ornée de nombreuses et jolies figures de Cochin.

179. Molière musicien, notice sur les œuvres de cet illustre maître et sur les drames de Corneille, Racine, etc., où se mêlent des considérations sur la langue française, par Castil-Blaze. *Paris*, 1852, 2 vol. in-8, d.-rel. mar. r., non rog.

180. Œuvres (de théâtre) d'Alexis Piron. *Paris*, 1758, 3 vol. in-12, v. m.

Edition ornée de jolies figures de Cochin.

181. Feste theatrali per la Finta pazza drama del sig. Giulio Strozzi, rappresentati nel Piccolo Borbone in Parigi quest anno MDC.XLV, et da Giacomo Torelli da Fano. *Parigi*, 1645, in-fol., front. gr. et fig., v. marbr. (*Manque le titre.*)

IV. — Romans, Contes, Nouvelles, etc.

182. Les Pastorales de Longus, ou Daphnis et Chloé, traduction d'Amyot, revue et complétée par P.-L. Courier, nouv. édit., accompagnée d'un glossaire des mots difficiles, par Pierre Jannet. *Paris*, 1866, in-12, cart. toile, non rog.

183. Le Romant de Jehan de Paris, roy de France, revu pour la première fois sur deux manuscrits de la fin du quinzième siècle, par Anatole de Montaiglon. *Paris*, 1867, in-12, cart. toile, non rog.

184. Les Aventures de Télémaque, fils d'Ulysse, par Fenélon. *Paris*, 1757, 2 vol. in-12, fig., v. m.

Jolie édition. — Bel exemplaire.

185. La Vraie Histoire comique de Francion, composée par Charles Sorel, sieur de Souvigny; nouv. édit., avec avant-propos et notes par Emile Colombey. *Paris*, *Delahays*, 1858, in-12, cart. toile.

186. Contes historiques, par V.-D. Musset-Pathay. *Paris*, *Desoer*, 1826, in-8, d.-rel., tr. dor.

187. Les Aventures de Til Ulespiègle, première traduction complète, faite sur l'original allemand de 1519, précédée d'une notice et suivie de notes par Pierre Jannet. *Paris*, 1866, in-12, cart. toile, non rog.

188. Aventures burlesques de Dassoucy; nouv. édit., avec préface et notes par Emile Colombey. *Paris*, *Delahays*, 1858, in-12, portr., dos et coins de mar. citr., non rog.

189. Le Livre de quatre couleurs (par L. Caraccioli). *Aux Quatre-Eléments, de l'imprimerie des Quatre-Saisons*, 4444, in-12, v. gr., fil.

Imprimé en quatre couleurs.

190. Biévriana, ou Jeux de mots de M. de Bièvre; nouv. édit., corrigée par A. D. *Paris*, 1800, in-18, portr., mar. r., tr. dor.

191. Amusemens philologiques, ou Variétés en tous genres, par G.-P. Philomneste (Gabriel Peignot). *Dijon*, 1824, in-8, bas.

192. Le dernier volume des Œuvres de Voltaire : contes, comédies, pensées, poésies, lettres, Œuvres inédites, précédées du testament autographe de Voltaire, du fac-simile de toutes les pièces relatives à sa mort, et de l'histoire du cœur de Voltaire, par Jules Janin; préface par Edouard Didier. *Paris*, 1862, in-8, portr., dos et coins de mar. br., non rog.

HISTOIRE

I. — Histoire ancienne. — Histoire de France.

193. Titi Livii Patavini librorum epitomæ. Lucius Florus. *Venetiis, in ædibus hæredum Aldi Manutii Romani, et Andreæ Asulani soceri, mense maio MD.XXXIII*, en 1 vol. in-8, mar. br., fil. comp., tr. dor. et ciselée. (*Reliure du XVI*[e] *siècle.*)

Ce volume renferme une partie du quatrième tome et le cinquième du *Tite-Live des Aldes.*

194. Histoire de France, depuis Faramond jusqu'au règne de Louis le Juste, par le sieur de Mezeray. *Paris*, 1685, 3 vol. in-fol., front. grav. et portr., v. br.

195. Histoire de la vie privée des Français, depuis l'origine de la nation jusqu'à nos jours, par Le Grand d'Aussy. *Paris*, 1782, 3 vol. in-8, v. m.

196. Mémoires de messire Philippe de Comines, contenans l'histoire des rois Louis XI et Charles VIII, depuis l'an 1464 jusqu'en 1498. *Brusselles*, 1706, 5 vol. in-8, portr., v. br.

197. Histoire des ducs de Bourgogne de la maison de Valois, 1364-1477, par de Barante. *Paris*, 1839, 12 vol. in-8, fig. sur chine, d.-rel.

198. Debtes et Créanciers de la royne-mère Cathcrine de Medicis, 1589-1606; documents publiés pour la première fois d'après les archives de Chenonceau, avec une introduction par l'abbé Chevalier. *Paris*, *Techener*, 1862, in-8, d.-rel. mar. r., non rog.

Exemplaire avec un envoi autographe de l'auteur à M. de Martonne.

199. Le Nouveau Panthéon, ou Rapport des divinitez du paganisme avec les vertus de Louis le Grand, expliqué par des inscriptions qui peuvent servir à l'histoire de Sa Majesté.— Inscriptions qui comprennent toute l'histoire de Louis le Grand et l'explication des tableaux des principales actions de sa vie et des plus beaux événements de son règne. *S. l. n. d.*, en 1 vol. in-12, v. br., fig.

Recueil de vers, sonnets, madrigaux, etc., en l'honneur de Louis XIV.

200. Histoire de la Révolution française, par A. Thiers. *Paris*, 1832, 10 vol. in-8, demi-rel.

201. Histoire de Napoléon, par de Norvins. *Paris*, 1829, 4 vol. in-8, portraits, fig. et cartes, demi-rel. v. f., non rog.

II. — Histoire des Provinces.

202. Histoire de la ville de Paris, contenant ce qui s'est passé de remarquable depuis le commencement de la monarchie jusqu'à la fin du règne de *Paris*, 1735, 5 vol. in-12, v. éc., fil.

203. Essais historiques sur Paris de M. de Sainte-Foix. *Paris*, 1776, 7 vol. in-12, cart., non rog.

204. Dictionnaire historique de la ville de Paris et de ses environs, par Hurtaut et Magny. *Paris*, 1779, 4 vol. in-8, v. m.

205. Projet d'embelissemens et de monumens publics pour Paris, suivi de moyens d'exécution et du programme d'une fête pour célébrer l'anniversaire de Mars, par Stanislas Mittié. *Paris*, 1804, in-8, cart., non rog.

206. I Monumenti delle belle arti nella città di Parigi epistole in versi di Antonio Pochini Padovana. *Parigi, della stamperia de Firmino Didot*, 1809, in-8, fig., mar. r., fil., dent., tr. dor.

207. Dictionnaire topographique, étymologique et historique des rues de Paris, par J. de La Tynna. *Paris*, 1812, in-8, plan, cart., n. rog.

208. Le Pariseum, ou Tableau actuel de Paris, par J.-F.-C. Blainvillain. *Paris*, 1807, in-12, fig., cart., non rog.

209. Le Géopraphe parisien, ou le Conducteur chronologique et historique des rues de Paris (par Lesage). *Paris*, 1769, 2 vol. in-8, v. m.

210. La Grande Ville, nouveau tableau de Paris, comique, critique et philosophique, par Ch.-Paul de Kock, illustrations de Gavarni, V. Adam, Daumier, d'Aubigny, etc. *Paris*, 1842-43, 2 tom. en 1 vol. gr. in-8, fig., demi-rel. mar. v.

211. Description historique de la ville de Paris et de ses environs, par feu Piganiol de La Force. *Paris*, 1765, 10 vol. in-12, nombr. figures, dos et coins de mar. vert, non rog.

212. Manuel du voyageur aux environs de Paris, contenant la description historique, ancienne et moderne des monuments, châteaux, maisons de plaisance, etc., par P. Villiers. *Paris*, 1803, 2 vol. in-18, cart., non rog.

213. Devis des ouvrages à faire pour la construction du pont de Louis XVI, en pierre, avec chemin de hallage, vis-à-vis de la place Louis XV, par Perronet. *Paris*, 1787, in-4, v. m.

214. Voyage pittoresque des environs de Paris...... (par Dulaure). *Paris*, 1768, in-12, v. m.

215. Voyage pittoresque des environs de Paris, ou Description des maisons royales, châteaux et autres lieux de plaisance situés à quinze lieues aux environs de cette ville, par D***. *Paris*, 1768, in-12, v. m.

216. Voyage pittoresque des environs de Paris, ou Description des maisons royales, châteaux et autres lieux de plaisance situés à quinze lieues aux environs de cette ville, par M. D*** (Dulaure). *Paris*, 1755, in-12, front. gr.

216 *bis*. Tableau du nouveau Palais-Royal. *Londres*, 1788, 2 parties en 1 vol. in-12, fig., demi-rel.

Curieux volume.

217. Description historique des curiosités de l'église de Paris, par M. C. P. G. *Paris*, 1763, in-12, v. m.

Cet ouvrage, imprimé sous les lettres initiales du libraire Gueffier, a été composé par l'abbé de Montjoye, chanoine de Notre-Dame. Sur le titre on indique des figures, mais notre exemplaire n'en a pas.

218. Almanach du voyageur à Paris, contenant une description sommaire, mais exacte, de tous les monumens, chefs-d'œuvre des arts, établissemens utiles et autres objets de curiosité que renferme cette capitale, par Thierry. *Paris*, 1786, in-12, v. m.

219. Description des curiosités des églises de Paris et des environs, par Ant.-Martial Le Fèvre. *Paris*, 1759, in-12, v. m.

220. Almanach du voyageur à Paris, contenant une description sommaire, mais exacte, de tous les monumens, par M. Thierry. *Paris*, 1785, in-12, cart., non rog.

221. Le Génie du Louvre aux Champs-Élisées, dialogue entre le Louvre, la ville de Paris, l'ombre de Colbert, et Perrault, avec deux lettres de l'auteur sur le même sujet. *S. l.*, 1756, in-12, v. m.

222. Nouvelle Description des châteaux et parcs de Versailles et de Marly, par Piganiol de La Force. *Paris*, 1724, in-12, v. br.

223. Histoire du pays et duché de Nivernois, par Me Guy Coquille, sieur de Romenay *Paris*, 1712, in-4, v. f., fil. (*Anc. rel.*)

Volume rare. — Bel exemplaire.

224. Archives de Nevers, ou Inventaire historique des titres de la ville, par Parmentier, précédé d'une préface par A. Duvivier. *Paris*, 1842, 2 vol. in-8, d.-rel. mar. vert.

225. Armorial de l'ancien duché de Nivernais, par Georges de Soultrait. *Nevers*, 1844, in-12, cart.

226. Description historique de l'église de Saint-Ouen de Rouen, par A.-P.-M. Gilbert. *Rouen*, 1822, gr. in-8, fig., d.-rel. vél.

III. — Histoire des pays étrangers.

227. L'Italie il y a cent ans, ou Lettres écrites d'Italie à quelques amis en 1739 et 1740, par Charles de Brosses, publiées par R. Colomb. *Paris*, 1836, 2 vol. in-8, d.-rel. mar. br.

228. Descripcion historica del real bosque y casa de Aranjuez, por D. Juan Antonio Alvarez de Quindos y Baena. *Madrid*, 1804, in-8, dos et coins de cuir de Russie, non rog.

229. Londres et ses Environs, ou Guide des voyageurs, curieux et amateurs dans cette partie de l'Angleterre, ouvrage fait à Londres, par M. D. S. D. L. (de Serre de Latour). *Paris*, 1788, 2 vol. in-12, fig., d.-rel. mar. r., non rog.

230. Londres et ses Environs, ou Guide des voyageurs, curieux et amateurs dans cette partie de l'Angleterre, par M. D. S. D. L. (de Serre de La Tour). *Paris*, 1788, 2 vol. in-12, fig., v. m.

231. Curiosités de Londres et de l'Angleterre, traduit de l'anglois. *Bordeaux*, 1765, in-12, v. m.

IV. — Antiquités.

232. Joannis Petri Bellorii Romani adnotationes nunc primum evulgate in XII priorum Cæsarum numismata ab Enea Vico Parmensi olim edita. *Romæ*, 1734, in-fol., planches, vél.

233. In Perantiquam sacram tabulam græcam insigni sodalitio Sancta Maria Caritatis Venetiarum ab amplissimo cardinali Bessarione dono datam dissertatio. *Venetiis*, 1767, in-fol., planches, dem.-rel., dos et coins de vél. blanc, n. rog.

234. Jo. Casp. Eisenschmidii de Ponderibus et mensuris veterum Romanorum, Græcorum, Hebræorum ; nec non valori pecuniæ veteris, disquisitio, accesserunt hac editione tabulæ Scioppii nummariæ et ex variis auctoribus de pecunia romanorum excerpta. *Argentorati*, 1737. — Detecta mythologiæ græcorum in decantato pygmæorum, grecum et perdicum bello, etc. *Lipsiæ*, 1716. — En 1 vol. in-12, vél.

235. Observations sur les antiquités d'Herculanum, avec quelques réflexions sur la peinture, par Cochin et Bellicard. *Paris*, 1755, in-12, v. m.

236. Discours sur une pièce antique et curieuse du cabinet de Jacob Spon, représentée dans la planche suivante. *Lyon*, 1674, in-12, pl., cart.

237. Recherches sur les ruines d'Herculanum et sur les lumières qui peuvent en résulter, relativement à l'état présent des sciences et des arts, avec un traité sur la fabrique des mosaïques, par Fougeroux de Bondaroy. *Paris*, 1770, in-12, v. m.

238. Lettres sur la découverte de l'ancienne ville d'Herculane et de ses principales antiquités, par Seigneux de Corvon. *Yverdon*, 1770, 2 vol. in-12, v. m.

239. Sur la statue antique de Venus Victrix découverte dans l'île de Milo en 1820, transportée à Paris et donnée au roi par M. le marquis de Rivière, et sur la statue antique connue sous le nom de l'Orateur, du Germanicus, et d'un personnage romain en Mercure, par M. le comte de Clarac. *Paris, impr. de P. Didot l'aîné*, 1821, in-4, fig., dem.-rel. mar. v.

240. Le vestigia e rarita di Roma antica ricercate, e spiegate da Francesco de Ficoroni. *In Roma, nella stamperia di Girolamo Mainardi*, 1744, in-4, fig., vél.

241. Histoire abrégée du cabinet des médailles et antiques de la Bibliothèque nationale, ou Etat succinct des acquisitions et augmentations qui ont eu lieu à dater de l'année 1754 jusqu'à la fin du siècle, par A.-L. Cointreau. *Paris*, 1800, in-8, fig., d.-rel. mar. br., non rog.

242. Gemmæ et sculpturæ antiquæ depictæ ab Leonardo-Augustino Senensi addita earum enarratione, in latinum versa ab Jacobo Gronovio cujus accedit præfatio. *Franequeræ*, 1694, in-4, front. gr. et fig., v. m.

Ouvrage orné de 214 et 51 planches très-bien gravées.

243. Dell' antica Torentica dissertazione dell' abate Sebastiano Ciampi. *Firenze*, 1815, in-8, cart., non rog.

244. Histoire abrégée des antiquités de la ville de Nismes et de ses environs, par Maucomble. *Nismes*, 1806, in-8, fig., cart., non rog.

245. Di un busto colossale in marmo di Caio Cilnio Mecenate scoperto e possedato dal cavaliere Pietro Manni. *Parigi*, 1837, in-8, fig., cart., non rog.

246. Gemme antiche per la piu parte inedite. *Roma*, 1809, in-4, fig., d.-rel.

247. Pompéi, décrite par Charles Bonucci, trad. par C. J. *Naples*, 1830, in-8, fig., dos et coins de mar. bl., non rog.

248. Dictionnaire des antiquités grecques et romaines de Furgault, par Boinvilliers. *Paris*, 1824, in-8, d.-rel. mar. br.

249. Descriptio brevis Gemmarum quæ in museo Guil. S. R. J. L. baronis de Crassier. *Leodii*, 1740, in-4, fig., d.-rel. mar. br.

250. Antiquités du grand cimetière d'Orléans, par Jollois. *Paris*, 1831, gr. in-4, fig., d.-rel. vél.

251. Veterum sepulcra, seu mausolea Romanorum et Etruscorum, inventa in urbe Roma aliisque locis celebribus, collecta et delineata a Petro Sanctio Bartolio, cum explicationibus Joannis Petri Bellorici ex italico in latinum sermonem translucit. *Lugduni Batavorum*, 1728, in-fol., planches, cart.

252. Dictionnaire de sigillographie pratique, contenant toutes les notions propres à faciliter l'étude et l'interprétation des sceaux du moyen âge, par Alph. Chassant et P.-J. Delbarre. *Paris, J.-B. Dumoulin*, 1860, in 12, d.-rel. mar. r., non rog.

253. Le antiche Lucerne sepolcrali figurate, raccolte dalle cave sotteranee e grotte di Roma, nelle quali si contengono molte erudite memorie, da Pietro Santi Bartoli divise in tre parti con l'osservationi di Gio. Pietro Bellori. *In Roma, nella stamparia di Gio. Francesco Buagni*, 1691, pet. in-fol., planches, demi-rel. bas.

254. Le Antichita di Beroso Caldeo Sacerdote et d'altri scrittori, cosi Hebrei, come Greci et Latini, che trattano delle stesse materie, tradotto da M. Francesco Sansovino. *In Vinegia*, 1583, in-4, vél.

V. — Blason, Biographie, Bibliographie.

255. Le Blason des couleurs en armes, livrées et devises, par Sicille, héraut d'Alphonse V, roi d'Aragon, publié et annoté par Hippolyte Cochéris. *Paris*, 1860, in-12, cart. toile.

256. La Nouvelle Méthode raisonnée du blason, pour l'apprendre d'une manière aisée, par le P. C.-F. Menestrier. *Lyon*, 1750, in-12, blasons, v. m.

257. Fréron ou l'Illustre Critique, sa vie, ses écrits, sa correspondance, sa famille, etc., par Ch. Monselet; frontispice à l'eau-forte, avec portraits, par Ed. Morin. *Paris, René Pincebourde*, 1864, in-12, dos et coins de mar. vert, dor. en tête, non rog.

258. L'Histoire du sieur abbé comte de Bucquoy, singulièrement son évasion du for l'Evêque et de la Bastille, par M. du Noyer, avec préliminaire et appendice biographiques et bibliographiques, frontispice à l'eau-forte. *Paris, René Pincebourde*, 1866, in-12, dos et coins de mar. vert, dor. en tête, non rog.

259. Petrus Borel le Lycanthrope : sa vie, ses secrets, sa correspondance, poésies et documents inédits, par Jules Claretie; frontispice à l'eau-forte, avec portrait d'Ulm. *Paris, René Pincebourde*, 1865, in-12, dos et coins de mar. vert, dor. en tête, non rog.

260. Essais de bibliographie contemporaine. Charles Baudelaire, par A. de La Fizelière et Georges Decaux. *Paris*, 1868, in-12, d.-rel. mar. r., non rog.

261. Béranger et son Temps, par Jules Janin, frontispice avec portrait à l'eau-forte de Staal. *Paris, René Pincebourde*, 1866, 2 vol. in-12, dos et coins de mar. vert, dor. en tête, non rog.

262. Manuel du libraire et de l'amateur de livres, par Jacques-Charles Brunet. *Paris*, 1860-61, 12 tom. en 6 vol. gr. in-8, d.-rel.

263. Bibliographie historique et topographique de la France, ou Catalogue de tous les ouvrages imprimés en français depuis le xve siècle jusqu'au mois d'avril 1843, par A. Girault de Saint-Fargeau. *Paris, Didot*, 1845, in-8, dos et coins de mar. vert, non rog.

264. Histoire des livres populaires ou de la littérature du colportage, depuis l'origine de l'imprimerie jusqu'à l'établissement de la Commission d'examen des livres du colportage, par Charles Nisard. *Paris*, 1864, 2 vol. in-12, fig., d.-rel. mar. bl., non rog.

265. Dictionnaire des pseudonymes, recueillis par Georges d'Heilly. *Paris*, 1869, in-12, d.-rel., dor. en tête, non rog.

266. Grandes Figures d'hier et d'aujourd'hui. Balzac, Gérard de Nerval, Wagner, Courbet. *Paris, Poulet-Malassis*, in-8, dos et coins de mar. orange, non rog.

Manque les portraits.

267. Catalogue des livres de M. le président Crozat de Tugny. *Paris*, 1751, in-8, v. f. (*Prix.*)

268. Catalogue de la bibliothèque de M. Félix Solar. *Paris, Techener*, 1860, cart.

VI. — Collections, Recueils, Mélanges divers.

269. De la Collection elzévirienne, publiée par Jannet. 29 vol. in-18, cart. toile.

Savoir : Œuvres de Roger de Collerye. 1 vol. — La Nouvelle Fabrique des excellens traits de verité. 1 vol. — Les Évangilles des Quenouilles. 1 vol. — Les Quinze Joyes de mariage. 1 vol. — Chansons, Ballades et Rondeaux de Jehannot de Lescurel. 1 vol. — Les Tragiques, par Théodore Agrippa d'Aubigné. 1 vol. — Les Caquets de l'accouchée. 1 vol. — Œuvres de Chapelle et de Bachaumont. 1 vol. — Hieronymi Morlini. 1 vol. — Mémoires et Correspondance de la marquise de Courcelles. 1 vol. — Chansons de Gaultier Garguille. 1 vol. — Recueil de poésies françoises des xve et xvie siècles. 9 vol. — Chronique de Charles VII, par Jean Charlier. 3 vol. — OEuvres de Coquillart. 2 vol. — Œuvres complètes de Gringore (tome Ier). — Œuvres françaises de des Perriers. 2 vol. — Dictionnaire des précieuses de Somaize (tome Ier).

270. Un Million de faits, aide-mémoire universel des sciences, des arts et des lettres, par J. Aicard, Desportes, Paul Gervais, Léon Lalanne, etc. *Paris*, 1842, gros in-12, d.-rel., non rog.

271. Discorsi accademici del conte castone della Torre di rezzonico. *Parma*, 1772, in 8, front. gr. et fig., d.-rel. v. fauve, non rog.

272. Thomas Moore. L'Epicurien, traduit par Henri Butat, les vers par Théophile Gautier, préface d'Edouard Thierry, dessins de Gustave Doré. *Paris*, 1865, in-8, dos et coins de mar. vert, non rog.

273. Discours prononcés par feu M. Pierre Camper sur le moyen de représenter d'une manière sûre les diverses passions qui se manifestent sur le visage, sur l'étonnante conformité qui existe entre les quadrupèdes, les oiseaux, les poissons et l'homme, traduits du hollandois par Denis-Bernard Quatremère d'Isjonval. *Autrecht*, 1792, in-4, portr. et planches, dem.-rel., dos et coins de mar. v., n. rog.

274. Relation du pays de Jansénie, où il est traitté des singularitez qui s'y trouvent, des coûtumes, mœurs et religion de ses habitans, par Louys Fontaines, sieur de Saint-Marcel. *Paris*, 1664, in-12, br.

275. De nothis spuriisque filiis, liber singularis Gabrielis Palæoti, Bonon. juriscons. *Francofurti ad Mœnum*, 1573, in-12, bas. fauve, fil.

276. Lettres de M. Flechier, évêque de Nîmes, sur divers sujets. *Paris*, 1711, in-12, v. br.

277. L'Epigrafia a sia l'arte di comporre le iscrizioni latine, ridotta a regole, e proposta alla gioventù dall'abbate Gaetano Buganza. *In Mantova*, 1779, in-4, d.-rel. mar. viol., non rog.

2e PARTIE.

THÉOLOGIE ET JURISPRUDENCE

278. Instruction pastorale aux réformez de France. *Rotterdam, Abraham Acher*, 1719. — Nouvelle traduction du *Te Deum laudamus*. (1676). — Les Tombeaux des rois, des reines et des autres qui sont dans l'église royale de Saint-Denis. *Paris, veuve Garnier*, 1728. — Le Trésor de l'abbaye royale de Saint-Denis. *Paris, veuve Garnier*. — Les Raretez qui se voient dans l'église royale de Saint-Denis. *Paris, veuve Garnier*, 1728. — Dessein praticable de vie bienheureuse sur terre. *Midelbourg, Thomas Barry*, 1677. — Ens. 1 vol. in-12, dem.-rel.

279. Traité sur les miracles, dans lequel on prouve que le diable n'en sauroit pour confirmer l'erreur..., par Jacques Serces. *Amsterdam, P. Humbert*, 1729, in-12, bas.

280. Histoire de la papesse Jeanne, tirée de la dissertation latine de M. de Spanheim (par Lenfant). *La Haye, Jaques Van den Kieboom*, 1736, 2 vol. in-8, v. marb., fig.

281. Des Comédiens et du Clergé, par le baron d'Hénin de Cuvillers. *Paris*, 1825, in-12, broch.

282. Isagoge in elementa juris publici quo utuntur nobiles immediati in imperio rom. germ. Auctore Jo. Ludovico Klüber. *Erlangæ*, 1793, in-8, cart.

SCIENCES ET ARTS

Philosophie. — Morale. — Beaux-Arts. — Livres a figures.

283. Lettres parisiennes sur le désir d'être heureux (par l'abbé Jacquin). *Francfort, Knoch*, 1758, 2 tom. en 1 vol., bas., fig.

284. Etrennes pour les femmes. *Breslau*, 1769. — Etrennes pour les maîtresses de famille. *Breslau*, 1769. — 2 tom. en 1 vol. in-12, bas.

285. Discours moraux consacrés dans les académies de Montauban et de Besançon en 1766 et 1767, avec un éloge de Charles V, roi de France, par Le Tourneur. *Paris, Le Jay*, 1769, in-8, bas.

286. De l'Influence des passions sur le bonheur des individus et des nations, par Mme de Stael-Holstein. *Paris, Maradan*, 1818, in-8, br.

287. Abrégé de la vie des plus fameux peintres, avec leurs portraits gravés en taille-douce, les indications de leurs principaux ouvrages, quelques réflexions sur leur caractère et la manière de connoître les desseins et les tableaux des grands maîtres (par Dezallier d'Argenville). *Paris, de Bure*. 1762, 4 vol. in-8. fig., v. marbr.

288. Recherches sur les costumes et sur les théâtres de toutes les nations, tant anciennes que modernes (par Le Vacher de Charnois). *Paris, Drouhin*. 1790, 2 tom. en 1 vol. in-4, dem.-rel., non rog.

Avec des estampes en couleur et au lavis, dessinées par M. Chéry et gravées par Alix. — Bel exemplaire.

289. Œuvres de Thorvalsen. *Stuttgard*, 1839, in-fol., cart.

66 planches gravées au trait. Avec introduction en allemand.

290. L'Alphabet de la mort, de Hans Holbein, entouré de bordures du XVIe siècle et suivi d'anciens poëmes français sur le sujet des trois morts et des trois vis, publiés d'après ces manuscrits, par Anatole de Montaiglon. *Paris, Edwin Tross*, 1856, in-8, dem.-rel.

291. Hans Holbein's Todtentanz in 52 getren nach den holzschnitten lithographirten blättern herausgegeben von J. Schlotthauer. *München*, 1832, in-12, cart.

Danse macabre. — 53 pl. sur papier de Chine, avec texte.

292. 55 planches consistant en vues, tombeaux, monuments, antiquités, etc., concernant les départements du Doubs, du Rhône, de la Côte-d'Or et de l'Isère, avec légende en allemand. In-fol. obl., cart.

293. Iconologie de la fable, ou Recueil des principales divinités païennes, gravées en taille-douce, avec texte en allemand. *Vienne*, 1793, in-4, cart.

294. Vies et Portraits des principaux personnages de l'Allemagne, par Antoine Klein. *Mannheim*, 1785, 4 vol. in-fol., dem.-rel. (*En allemand.*)

Portraits et autres figures gravés par divers artistes allemands.

295. Ovids verwandlungen... (Métamorphoses d'Ovide représentées en gravures avec explication.) *Vienne*, 1791, 3 vol. in-4, cart.

Magnifiques gravures sur cuivre par les principaux artistes allemands.

BELLES-LETTRES

I. — Poésie. — Théatre. — Œuvres.

296. Pièces dérobées à un ami. (Poésies de l'abbé de Lattaignant, publiées par de Querlon.) *Amsterdam*, 1750, 2 vol., v. marb.

297. L'Art d'aimer, nouveau poëme en six chants, par M***. *Londres*, 1750, in-8, dem.-rel., fig.

298. Les Saisons, poëme traduit de l'anglois de Thompson (par Mme Bontems). *Berlin*, 1760-1763, 2 tom. en 1 vol. in-12, bas., fig.

299. Contes et Nouvelles en vers, par M. de La Fontaine. *Amsterdam*, 1764. 2 vol. in-8, bas.

Figures avant la lettre, d'après celles de l'édition des *fermiers généraux*.

300. Les Sens, poëme en six chants, par M. de Rozoi. *Londres*, 1767, in-8, v. éc., fil., tr. dor., dos orne, fig. d'Eisen.

301. Le Dépit et le Voyage, poëme avec des notes, suivi des Lettres vénitiennes (par Bastide). *Londres*, 1771, in-8, v. rac., fig. de Desrais.

302. Un autre exemplaire. Cart.

303. Lettres d'une chanoinesse de Lisbonne à Melcour, officier françois, suivies de l'épître intitulée : Ma Philosophie (par Dorat). *La Haye*, 1771, in 8, bas., fig. d'Eisen et de Marillier.

304. Fables nouvelles, par Dorat. *La Haye*, 1776, in-8, broch.

305. Chansons choisies, avec les airs notés. *Londres*, 1783, 4 vol. in-12, v. f., fil., tr. dor., dos orné. (*Cazin.*)

306. Mélanges de poésie et de littérature, par M. de Florian. *Paris*, *Didot l'aîné*, 1787, in-18, broch., fig.

307. Zélis au bain, poëme en quatre chants (par le marquis de Pezay). *Genève* (*s. d.*), in-8, bas., fig. d'Eisen.

308. L'Art d'aimer et poésies diverses de M. Bernard. (*S. l. n. d.*), in-8, bas., frontisp. grav.

309. Fables ou Allégories philosophiques, par Dorat. *La Haye*, 1772, in-8, bas., fig. de Marillier.

310. Les Amours de Psyché et de Cupidon, par J. de La Fontaine. *Paris, Dufart*, 1793, in-16, broch., fig.

311. Idylles, par M. Berquin. *Paris, Dufart*, 1796, in-16, broch., fig.

312. Les Etrennes de Cupidon, ou le Chansonnier du plaisir. *Paris, an XI*, in-32, broch., fig.

313. Le Fils de l'homme, ou Souvenirs de Vienne, par Méry et Barthélemy, suivi du procès avec la défense en vers, par Barthélemy. *Bruxelles, Tarlier*, 1829, in-18, broch., portr.

314. Théâtre d'un poëte de Sybaris, par Delisle de Sales. *Sybaris, et se trouve à Paris*, 1788, 2 vol. in-18, broch.

315. Epîtres, Satires, Contes, Odes et pièces fugitives du poëte philosophe (Voltaire). *Londres*, 1771, in-8, bas.

316. Collection des écrits politiques, littéraires et dramatiques de Gustave III, roi de Suède; suivie de sa correspondance. *Stockholm, Charles Delen*, 1803, 5 vol. in-8, v. rac., dos orné, fig. de LIMNELL et portrait d'après LAFRENSEN.

317. Œuvres diverses de M. de La Fontaine. *Paris, chez la veuve Pissot*, 1744, 4 vol. in-12, broch., portr.

318. Œuvres de M. le chevalier de Bert*** (Bertin). *Londres*, 1785, 2 vol. in-12, broch., fig.

319. Œuvres posthumes de Frédéric II, roi de Prusse, *Berlin, Voss et fils*, 1788, 15 vol. in-8, cart.

320. Œuvres de d'Arnaud. *Paris, Laporte*, 1795, 11 vol. in-8, broch., fig. d'EISEN.

321. Œuvres de M. le chevalier de Boufflers. *Paris, Dufart*, 1796, in-12, broch., fig.

322. Œuvres inédites de Mme la baronne de Staël, publiées par son fils. *Paris, Treuttel et Würtz*, 1821, 3 vol. in-8, broch., portr.

323. Œuvres de Gresset. *Paris, Houdaille*, 1839, in-8, broch., portr. lith.

II. — ROMANS ET FICTIONS EN PROSE.

324. Les Métamorphoses, ou l'Ane d'or d'Apulée, philosophe platonicien, avec le Démon de Socrate, traduits en françois (par l'abbé Compain de Saint-Martin). *Francfort*, 1769, 2 vol. in-8, broch., fig.

325. Le Gage touché, histoires galantes et comiques (attribué à Le Noble). *La Haye, Adrian Moetjens*, 1722, in-8, v. br., fig.

326. Les Belles Grecques, ou l'Histoire des plus fameuses courtisanes de la Grèce, par Mme Durand. *Paris, Prault*, 1736, in-12, v. marb., fig.

327. Histoire de mademoiselle de Salens, par Mad*** (de Lintot). *La Haye, Jean Neaulme*, 1740, 2 vol. in-12, v. br.

328. Tanzaï et Néadarné, histoire japonoise (par Crébillon fils). *Pékin* (*Paris*), 1740, 2 vol. in-12, v. f.

Satire du cardinal de Rohan, de la constitution *Unigenitus* et de la duchesse du Maine. L'auteur fut pendant quelque temps enfermé au château de Vincennes pour avoir composé ce roman.

329. Histoire d'une Grecque moderne (par l'abbé Prévost). *Amsterdam, François Desbordes*, 1740, 2 vol. in-12, v. f.

330. Silvie (par Wattelet). *Londres*, 1743, in-8, v. marb., fig. grav.

331. Le Voyage d'U*** R***, et Aventures de Mlle J*** C***, par M*** C***. *Londres, Vaillant*, 1750, 2 part. en 1 vol. in-12.

332. Lettres turques, revues, corrigées et augmentées (par de Saint-Foix). *Amsterdam*, 1750, 2 tom. en 1 vol. in-12, bas.

Le second volume porte pour titre : *Lettres de Nedim Coggia.*

333. Zeczeczeb. Anecdotes indostanes. *La Haye*, 1751, 2 tom. en 1 vol. in-12, bas., front. grav.

334. Angola, histoire indienne (par le chevalier de La Morlière). *A Agra, avec privilége du Grand Mogol*, 1751, 2 tomes en 1 vol. in-12, v. marb., fig. grav.

335. Voyage et Description du temple de Cythère, suivi du Rien do trop et du Rouné et de Mascaves. *A Cythère, chez Cupidon, libraire des Amours*, 1752, 2 tomes en 1 vol. in-12, bas.

Bel exemplaire.

336. Mémoires turcs, ou Histoire galante de deux Turcs pendant leur séjour en France (par Godart Dancourt). *Amsterdam*, 1758, 2 tomes en 1 vol. in-12, bas.

337. Le Diable boiteux, par Le Sage. *Londres, Pierre Van Cleef*, 1758, 2 vol. in-12, bas.

338. Les Céramiques, ou les Aventures de Nicias et d'Antiope, par M. St-S. (Galtier de Saint-Symphorien). *Londres* (*Paris*), 1760, 2 vol. in-12, mar. r., fil., comp., tr. dor., doublé de tabis v. (*Aux armes d'un prince du Saint-Empire.*)

Très-bel exemplaire d'un livre des plus rares.

339. Honny soit qui mal y pense, ou Histoires des filles célèbres du XVIIIe siècle (par Desboulmiers). *Londres*, 1761, in-12, demi-rel.

340. Préface de la Nouvelle Héloïse, ou Entretien sur les romans entre l'éditeur et un homme de lettres, par J.-J. Rousseau. *Paris, Duchesne*, 1761, in-12, broch.

341. L'Arretin (par l'abbé Dulaurens, auteur du Compère Mathieu). *Rome, aux dépens de la congrégation de l'Index*, 1763, 2 tom. en 1 vol. in-12, demi-rel.

Exemplaire bien conservé d'un livre rare.

342. Contes, Aventures et Faits singuliers, recueillis de M. l'abbé Prévost. *Londres*, 1764, 2 vol. in-12, bas.

343. Lettres de Babet (par Boursault), avec les Lettres d'une dame de qualité à son amant. *Jene, chez Félix Fickelscherr*, 1764, in-12, br.

344. Lettres de tendresse et d'amour. *Amathonte et à Paris, Cailleau* (*s. d.*), 2 vol. in-12, v. porph., tr. peigne, dos orné.

Contient : les Lettres amoureuses de Julie à Ovide, par Mme de Marnesia, auxquelles on a joint : les Réponses d'Ovide, par Cailleau ; les Lettres galantes d'une chanoinesse portugaise, traduites du portugais de Marianne Alcaforada, par Guilleragne ; les Lettres de Babet, par Boursault ; les Lettres d'une dame philosophe, par le même, etc., etc.

345. Le Lord impromptu, nouvelle romanesque, traduite de l'anglois. *Amsterdam, Arkstée et Merkus*, 1767, 2 tomes en 1 vol. in-12, bas.

346. La Nouvelle Clarice, histoire véritable, par Mad. Le Prince de Beaumont. *Amsterdam, B. Vlam*, 1768, 2 vol. in-8, bas.

347. Batilde, ou l'Héroïsme de l'amour, anecdote historique, par M. d'Arnaud. *Francfort, aux dépens de la Compagnie*, 1768. — Clary, ou le Retour à la vertu récompensé, histoire anglaise, par M. d'Arnaud. *Ibid.* — Lucie et Mélanie, ou les Deux Sœurs généreuses, anecdote historique, par M. d'Arnaud. *Ibid.* — Nancy, ou les Malheurs de l'imprudence et de la jalousie, par M. d'Arnaud. *Ibid.* — Julie, ou l'Heureux Repentir, par M. d'Arnaud. *Ibid.* — Le tout en 1 vol. in-8, broch., fig.

348. Il Congresso di Citera del conte Algarotti accresciuto del alcune lettere e del giudizio d'amore. *Parigi*, 1768, in-32, cart., fig. d'Eisen.

349. Historia de la vida, hechos, y astucias sutilissimas del rustico Bertoldo, la de Bertoldino, su hijo, y la de casaseno, su nieto. Obra de gran diversion y de suma moralidad, donde hallara el sabio mucho que admirar, y el ignorante infinito que aprender. Traducida del idioma toscano al castellano por don Juan Bartholome. *En Barcelone, por Francisco Suria*, 1769, in-8, dem.-rel., avec beaucoup de figures sur bois.

Bel exemplaire de ce rare et curieux livre.

350. Les Soupirs d'Euridice aux Champs-Élisées (par Sticotti). *La Haye*, 1770, in-8, broch.

351. Lectures amusantes, ou Choix varié de romans, contes moraux et anecdotes historiques, par une société littéraire de jolies femmes. *Paris, J.-P. Costard*, 1773, 2 vol. in-12, bas.

352. La Destinée, ou Mémoires d'une dame de qualité écrits par elle-même. *Auguste, aux dépens de Conrad Henri Stagé*, 1776, in-8, broch.

353. Ecole (l') des filles. Histoire morale, par M. le chevalier de Cubières. *Cassel, Imp. française*, 1784, in-8, dem.-rel.

354. Le Médecin de l'amour, par Doppet. *A Paphos, et se trouve à Paris, chez Leroy*, 1787, in-8, broch., fig.

355. Œuvres choisies de Tressan. *Paris, Dufart*, an IV (1796), 4 vol. in-12, broch., fig. de Moreau le jeune.

On y trouve : Histoire de Gérard de Nevers et de la belle Euriant, sa mie. — Roland l'Amoureux, de Matheo-Maria Boyardo, comte de Scandiano. — Histoire du petit Jehan de Saintre et de la dame des Belles-Cousines.

356. Romans de M. de Mayer. *Paris, Defer de Maisonneuve*, 1790, in-12, broch., fig.

357. Année (l') des dames nationales (par Rétif de La Bretonne). *Genève et Paris*, 1794, 12 vol. in-12, broch.

Bel exemplaire, mais les figures manquent.

358. Bohémiens (les) (par le marquis de Pelleport). *Paris, Lavillette*, 1780, 2 vol. in-12, fig.

359. Amusemens des Grâces. *Mannheim, Ferdinand Kaufmann*, 1802, in-12, broch.

360. Vie du chevalier de Faublas, par Louvet de Couvray. *Paris, Ferra jeune*, 1816, 8 vol. in-12, broch., fig.

HISTOIRE

I. — GÉNÉRALITÉS.

France. — Italie. — Pays-Bas. — Suisse. — Allemagne.

361. Atlas historique, généalogique et géographique de Lesage. *Carlsruhe* (*s. d.*), gr. in-fol., dem.-rel. (En allemand.)

362. Livre (le) des quatre couleurs (par Caraccioli). *Aux Quatre-Eléments, de l'imprimerie des Quatre-Saisons*, 4444 (1744), in-8, cart.

Imprimé en quatre couleurs.

363. Le Gazetier cuirassé, ou Anecdotes scandaleuses de la cour de France (par Theveneau de Morande). *Imprimé à cent lieues de la Bastille, à l'enseigne de la Liberté*, 1771, in-8, broch.

Incomplet de quelques feuillets de la fin.

364. Mémoires historiques, critiques et anecdotes des reines et régentes de France (par Dreux du Radier). *Amsterdam, Michel Rey*, 1782, 6 vol. in-12, broch.

365. Second supplément à la Cour plénière, avec des notes intéressantes (par Jeanne de Valois, comtesse de Lamotte). *Baville, chez la veuve Liberté, à l'enseigne de la Révolution*, 1789, in-8, dem.-rel.

Affaire du Collier.

366. Dernier Tableau de Paris, ou Récit historique de la Révolution du 10 août 1792, par J. Peltier. *Londres*, 1794, in-8, broch.

L'appendix qui se trouve à la fin est incomplet.

367. Histoire de la Bastille, avec un appendice contenant, entre autres choses, une discussion sur le prisonnier au masque de fer, traduit de l'anglois. (*S. l.*), 1798, in-8, avec plans.

Rare.

368. Mémoires historiques et politiques du règne de Louis XVI, depuis son mariage jusqu'à sa mort, par Jean-Louis Soulavie. *Paris, Treuttel et Würtz*, an X, 6 vol. in-8, cart.

369. Lettre à Sa Majesté Louis XVIII sur la vente des biens nationaux, par A. Falconnet. *Paris*, 1814, in-8, broch.

370. Pièces intéressantes relatives aux derniers événemens en France. 1° Rapport de Fouché au roi, du 15 août 1815. 2° Mémoire de Fouché, présenté au roi en août 1815. 3° Réponse au Rapport de Fouché au roi. 4° De Ministère. (*Paris*), *octobre* 1815, in-8, broch.

371. Mémoires anecdotiques sur l'intérieur du Palais et sur quelques événements de l'Empire, depuis 1805 jusqu'au 1er mai 1814, pour servir à l'histoire de Napoléon, par L.-F.-J. de Bausset. *Paris*, *Baudouin frères*, 1827, 4 vol. in-8, broch.

Avec 2 portraits et 120 *fac-simile*.

372. Histoire de la Révolution de 1848, par Garnier-Pagès. *Paris*, *Pagnerre*, 1861, 10 vol. in-8, dem.-rel., dos et coins mar. vert.

373. L'Italie, par lady Morgan, traduit de l'anglais. *Paris*, *Pierre Dufart*, 1821, 4 vol. in-8, broch.

374. Description de l'entrée solennelle du prince héréditaire des Pays-Bas et de son épouse à Bruxelles, le 17 octobre 1816, par P.-J.-G. Ghiesbreght fils. *Bruxelles*, 1817, in-8, broch.

375. Schweitzer chronic... (Chronique suisse, par Michel Stettler.) (*S. l. n. d.*), in-fol., vél., frontisp. grav.

En allemand.

376. Discours sur l'histoire d'Allemagne, par M. Colini. *Francfort*, *Knoch et Eslinger*, 1761, in-8, mar. r., fil., tr. dor., dos orné. (*Aux armes de l'Electrice Palatine.*)

II. — Biographie.

377. Mylord Courtenay, ou Histoire secrète des premiers amours d'Elisabeth d'Angleterre, par Le Noble. *Paris*, *Michel Brunet*, 1697, in-12, v. br.

378. Histoire de la vie et du procès de Louis-Dominique Cartouche et de plusieurs de ses complices. *La Haye*, 1722, in-12, dem.-rel.

Suivi de : Cartouche, ou les Voleurs, comédie, par Le Grand. *La Haye*, 1722.

379. Histoire de Marguerite de Navarre, sœur de François Ier (par Mlle de La Force). *Amsterdam*, *Pierre Mortier*, 1745, 2 vol. in-12, v. porph., fil., dos orné.

380. Confession générale du chevalier de Wilfort (par Hubert d Orléans). *Leipsik*, 1758, in-12, bas.

381. Saint Louis de Gonzague proposé pour modèle d'une sainte vie. *Strasbourg*, *J.-F. Le Roux*, 1774, in-12, cart., frontisp. grav.

382. La Vie militaire, politique et privée de demoiselle Charles-Louise-Geneviève-Auguste-Andrée-Thimothée Eon ou d'Eon de Beaumont, par de La Fortelle. *Paris*, 1779, in-8, portr.

383. Eloge de milord Maréchal, par M. d'Alembert. *Paris*, 1779, in-8, cart.

384. Mémoires de M. le duc de Lauzum. *Paris*, *Barrois l'aîné*, 1822, in-8, cart.

385. Marie-Antoinette à la Conciergerie, par le comte Fr. de Rolians. *Paris*, *Baudouin*, 1824, in-18, broch., fig.

386. Journal des dames et des modes, rédigé par J.-P. Lemair, années 1818-1832. *Francfort*, 1818-1832, tom. 40 à 69, 31 vol. in-8, cart., et 4 vol. en livr. (*Fig. coloriées.*)

Manque : à l'année 1831, les nos 6, 25, 30, 33, 40 ; — à l'année 1832, nos 1, 15, 17, 19, 21, 47, 52.

NOTA — *Il sera vendu en divers lots environ 3,000 volumes que le temps n'a pas permis de cataloguer.*

Paris. — Imp. Gauthier-Villars, 55, quai des Grands-Augustins. — 4289-75.

www.ingramcontent.com/pod-product-compliance
Ingram Content Group UK Ltd.
Pitfield, Milton Keynes, MK11 3LW, UK
UKHW021532260726
13993UKWH00004B/1942